ALFAGUARA

Infantil

DE CARTA EN CARTA

ALFAGUARA

D.R. © Del texto: Ana María Machado, 2003
D.R. © De las ilustraciones: Rita Basulto, 2004
D.R. © De la traducción: Atalaire, 2003

D.R. © De esta edición:
Santillana Ediciones Generales, S.A. de C.V., 2004
Av. Universidad 767, Col. Del Valle
México, 03100, D.F. Teléfono 5420 7530
www.alfaguarainfantil.com.mx

Alfaguara es un sello editorial del Grupo Santillana.
Éstas son sus sedes:

ARGENTINA, BOLIVIA, CHILE, COLOMBIA, COSTA RICA, ECUADOR, EL SALVADOR,
ESPAÑA, ESTADOS UNIDOS, GUATEMALA, MÉXICO, PANAMÁ, PERÚ, PUERTO RICO,
REPÚBLICA DOMINICANA, URUGUAY Y VENEZUELA.

Directora de Literatura Infantil: Columba F. Domínguez
Diseño y formación: Rosina Claudia Tapia Márquez
Cuidado de la edición: Alicia Rosas C.

Primera edición en Santillana Ediciones Generales S.A. de C.V.: abril de 2004

ISBN: 968-19-1483-X

Impreso en México

De carta en carta

Ana María Machado

Ilustraciones de Rita Basulto

ALFAGUARA
Infantil

Érase una vez un niño pequeño que vivía en una ciudad pequeña. Me parece que no fue hace mucho tiempo. Ni muy lejos de aquí. Y que el niño en realidad no era tan pequeño. Pero aún no sabía leer ni escribir.

Mucha gente en aquella pequeña ciudad no sabía, incluso gente mucho mayor y más vieja que él.

La ciudad era antigua y estaba a la orilla del mar. Tenía calles estrechas, bonitas iglesias y plazuelas. Tenía recuerdos de un tiempo de mucha riqueza. Tenía fuertes que ya no servían para nada, pero que antiguamente

se habían usado para defender la ciudad del ataque de los piratas. Tenía casas coloniales de dos pisos, con jardines en patios interiores y terrazas llenas de macetas con flores. Y en algunos lugares, aquellas terrazas en el segundo piso eran grandes, estaban sobre unos arcos que se apoyaban en las aceras alrededor de las plazas y paseos. Una de esas plazas se llamaba "Plaza de los Escribidores".

Allí, debajo de las arcadas, estaban los bancos de trabajo de los hombres que se encargaban de escribir todas las cosas importantes que las personas de aquella ciudad necesitaban escribir y no sabían cómo: cartas, mensajes, documentos.

Algunos escribidores apoyaban la máquina de escribir encima de mesas pequeñas, escritorios o incluso cajones.

Otros aún estaban empezando en la profesión —escribían a mano— y cobraban más

barato. Pero todos pasaban el día allí, senta-
dos alrededor de la plaza, conversando y espe-
rando clientes.

Ésta es la historia de dos clientes de los
escribidores. Un niño llamado Pepe y su abuelo José.

Vivían en la misma casa, con el resto de la familia, cuatro niños más y los padres del niño. Su madre, Teresa, era hija del abuelo José.

Todos los días, muy temprano, los padres salían a trabajar. Los hermanos mayores iban a la escuela. Pepe se quedaba con el abuelo. Ya tenía edad para ir al colegio, pero no quería. Prefería quedarse jugando y casi siempre faltaba a clase. Decía que tenía que acompañar al viejo y los padres acababan por dejarlo.

El viejo José había sido un excelente jardinero. Ahora estaba cansado, aunque todavía hacía pequeños trabajos con las plantas en las casas de la vecindad. Y muchas veces se llevaba al nieto con él, de ayudante.

Los dos eran muy amigos, aunque reñían bastante. Eran muy parecidos: tercos, provocadores. Discutían por cualquier cosa:

—Escarda esa jardinera. Con cuidado, ¿eh…? No dejes ni una mala hierba…

—Ay, abuelo, no me gusta escardar. ¿Por qué no hacemos esto: tú quitas las malas hierbas y yo riego?

—Nada de eso. Lo vas a encharcar todo. Tú siempre echas demasiada agua, ahogas las plantas...

—Y tú siempre llevas la regadera medio vacía, porque no puedes cargar con el peso. Las plantas se van a morir de sed, ¿no lo ves? Deja que lo haga yo.

—¿Me estás diciendo que no tengo fuerzas? ¿Que estoy viejo y ya no sirvo para nada?

—Es que no tienes fuerzas... Sólo estoy diciendo la verdad... No te vas a enfadar ahora por una tontería.

—Eres un malcriado, eso es lo que pasa. Se lo voy a contar a tu padre para que te castigue, vas a ver. Como no te disculpes, cuando llegue, ja, ja, le voy a contar lo que haces durante todo el día.

El niño no quería que lo castigaran. Pero no iba a disculparse. Se quedó callado, rumiando la rabia. El abuelo seguía rezongando:

—Todos los días lo mismo. No tiene ningún respeto. Nunca he visto que un niño de su edad diga esas cosas a un viejo. En mis tiempos esto no pasaba... Eres un maleducado. Como me vuelvas a decir algo así vas a ver...

Furioso, Pepe salió de casa. Dio un portazo, pero eso no le alivió la rabia. No podía contestar al abuelo si no quería que lo castigaran. Aunque ganas no le faltaban. Si supiera... era la ocasión de decirle cuatro cosas, pero sin hablar.

Le escribiría al viejo una carta bien maleducada. Pero no sabía. Y no tenía ganas de ir a la escuela para aprender.

Echó a andar por la calle. Insultó por lo bajo. Dio una patada a una lata vacía que estaba en el suelo, pero la rabia no se le pasó.

Siguió andando, hasta que llegó a la Plaza de los Escribidores y tuvo una idea.

Se acercó a uno de los hombres que esperaba clientes delante de su mesa y le preguntó:

—Buenos días, señor Miguel. ¿Cuánto cuesta escribir una carta?

—Bueno, depende del tamaño... —respondió el hombre—. ¿Pero para quién es?

—Para mí mismo. Quiero decir, es para mandársela a alguien, pero quiero escribirla yo.

—¿Y por qué no la escribes tú solo?

—Todavía no aprendo.

El señor Miguel se quedó mirando a Pepe. Pensó que era muy triste que un niño como él no supiera escribir. Los mayores ya no podían aprender, ahora era muy difícil para ellos, pues habían sido niños en un tiempo en que no había escuela para todo el mundo en la ciudad. Pero ahora sí había. El señor Miguel sabía que así iba a perder la clientela, pero le parecía bueno que los niños estudiaran. Y le parecía absurdo que unos padres dejaran a su hijo faltar a clases. Entonces se le ocurrió ponerle una condición y respondió:

—A los niños de tu edad no les cobro nada. Pero tienes que hacer una cosa: tienes que ir a la escuela un día y venir a contarme cómo es, porque tengo muchas ganas de saberlo... Ése será el precio.

A Pepe no le gustó mucho esa condición. Pero sólo tenía unas cuantas monedas en una caja que había dejado en casa y no quería gastarlas con el escribidor. Además quería la carta ya. Así que propuso:

—Es una carta muy cortita. ¿Me la escribe ya y se la pago mañana?

—Claro...

—Entonces escriba esto: *Eres un pesado...*

El señor Miguel escribió. Y preguntó:

—¿Nada más?

—No, tengo más. Ahora escriba: *¡Vete al infierno!*

Él escribió. El niño extendió la mano.

—Ya está, ¿me la puede dar? Voy a entregarla ahora mismo.

—¿No la vas a firmar? ¿Y no la metes en un sobre?

—Ah, eh, se me olvidaba... Entonces firme ahí: *Pepe*. Y métala en un sobre para *José*.

El hombre hizo lo que el niño le mandaba y le entregó el mensaje, pensando que era para algún amigo. Después se despidieron:

—No olvides tu promesa. Mañana después de la escuela pasas por aquí, ¿eh? Tienes que contarme cómo te fue.

—Sí, yo paso. No se preocupe.

Al día siguiente, muy temprano, cuando la familia iba a tomar café, apareció Pepe de uniforme y anunció que se iba a la escuela con sus hermanos. Justo antes de salir, entregó un sobre al abuelo.

—Toma. Es una carta para ti.

El señor José la metió en el bolsillo sin leer y se fue al jardín a trabajar. Después de almorzar se tomó un descanso, fue caminando hasta la plaza y le entregó el sobre al señor Miguel:

—Por favor, he recibido esta carta, pero no sé leer. Quisiera que me la leyera. Y que luego me ayude a responder.

El señor Miguel reconoció al instante lo que había escrito la víspera. Abrió y leyó en voz baja: "Eres un pesado... ¡Vete al infierno! Pepe".

Miró la cara cansada del viejo y decidió que no le iba a decir aquello. En vez de eso, fingió estar leyendo algo parecido. Así, si Pepe por casualidad reclamaba después, él podría decir que se había confundido. Y leyó:

—*Estás muy cansado... ¡Vete al invierno! Pepe.*

19

El viejo suspiró y dijo:

—Por favor, espere un poco. Voy a pensar la respuesta.

Se sentó en un banco de la plaza. Al poco rato volvió y preguntó:

—¿Puedo pagar con flores? No tengo dinero, pero mi jardín está precioso. Usted escribe, yo le traigo unas flores en un balde con agua, las pone ahí al lado y las va vendiendo... Ganará más dinero de lo que yo pudiera pagarle.

El señor Miguel aceptó.

Entonces el viejo, quien ya había recibido algunas cartas a lo largo de su vida y sabía más o menos cómo solían ser, le dictó un mensaje:

Estimado nieto:

Espero que al recibo de la presente te encuentres bien de salud. Por aquí, todos bien, a Dios gracias. Teresa se quemó con una cazuela la semana pasada y Tonico se tropezó con una piedra, pero no fue nada grave.

Después se rascó la cabeza, pensó un poco, decidió que ya había dado noticias de la salud de la familia y no necesitaba decir mucho más, porque Pepe vivía en casa y ya sabía todo eso.
   Suspiró y continuó:

El que anda muy cansado soy yo, como ya te has dado cuenta —y yo que pensaba que ni te fijabas en mí—... Hay veces que me entran ganas de parar, tumbarme y no levantarme nunca más. O, por lo menos, echarme una siestecita en una hamaca después de comer. Pero con este calor no iba a adelantar nada. Si pudiese seguir tu consejo e irme al invierno me iba a sentar muy bien. Pero me parece que todos los inviernos están muy lejos y cuestan *muy caro. De cualquier modo, agradezco que te acuerdes.*

Cuando llegó a ese punto, el abuelo dejó de dictar y dijo:

—Me parece que ahora va una de esas cosas que se ponen al final de las cartas y yo no sé, ese asunto de "sírvase aceptar" no sé qué y el "reconocimiento de mi estima y consideración". Una vez recibí una carta del gobierno y decía eso. ¿Me la termina usted?

—No, no hace falta —dijo el señor Miguel—. Basta con que diga "un abrazo de tu abuelo…"

Al señor José no le convenció:

—No, de eso nada. Quiero hacer las cosas como es debido. El niño tiene que aprender cómo se hace. Tiene que educarse, ¿sabe?

Lo pensó mejor. Recordó algunas cosas y dijo:

—Ponga ahí también: *Eres un atrevido y un malcriado, pero atentamente, tu abuelo.*

El señor Miguel creyó que el niño merecía oír aquello.

Escribió exactamente lo que el viejo le iba dictando. Después dobló el papel, lo metió en el sobre y se lo dio al señor José, quien se marchó. Justo a tiempo, porque Pepe aparecía ya por el otro lado de la plaza. Traía un mango maduro en la mano, se lo ofreció y le explicó:

—He venido a cumplir mi promesa y a contarle cómo me ha ido la escuela. En el patio hay un mango y en la hora del recreo he jugado mucho. He traído este mango para usted.

—¿Y en la clase? ¿Qué había?

—Sólo palitos y círculos. He hecho un montón de garabatos y unos círculos con el lápiz. La profesora dijo que era entrenamiento para las letras. Y que soy muy experto. Me ha prometido que si vuelvo mañana me enseña a escribir "abuelo", así que creo que voy a ir. Sólo mañana, pero voy a ir.

Al día siguiente, a la salida de la escuela, Pepe apareció de nuevo en la plaza, con la carta del abuelo, para que se la leyera el señor Miguel. El hombre leyó todo lo que estaba escrito, sin cambiar nada. El niño escuchó, puso cara de no entender.

Después dijo:

—Escriba ahí: *Eres un viejo loco*. Y luego esas cosas del final, igual que me ha hecho él a mí: *"Pero atentamente, tu nieto"*. ¿Qué quiere decir eso?

—Que puede estar enfadado, a veces, pero que te quiere mucho.

—Entonces póngale lo mismo a él.

El señor Miguel escribió un rato, después preguntó si quería que lo leyera para ver si estaba bien. Y leyó:

Abuelo:

Te quiero mucho, aunque a veces me enfado un poco y digo que pareces medio loco. Disculpa.

Un abrazo de tu nieto, Pepe.

—Usted ha confundido todo —dijo Pepe—. Yo no he pedido disculpas. Quite eso.

El señor Miguel lo quitó.

—Y falta lo de atentamente.

—No he escrito atentamente porque he escrito un abrazo. Queda mejor cuando escribe un niño a su abuelo.

—¿Entonces por qué me ha escrito él atentamente? Yo también quiero…

—Porque él es más viejo, de una época antigua, cuando se usaba así… Y también porque un día recibió una carta donde decía eso y ha querido repetirlo.

Pepe se quedó admirado:

—¿Mi abuelo recibió una carta con esas cosas? ¿Carta de quién? ¿Quién le escribe a mi abuelo?

—No sé. Algún amigo. O el gobierno.

—¿Y qué quiere el gobierno de mi abuelo?

—Alguna cosa de la pensión, tal vez…

A Pepe le pareció que ya había preguntado demasiado y se calló. Pero se quedó con la palabra. Si algún día volvía a la escuela iba a preguntársela a la profesora.

El señor Miguel le entregó la carta:

—El sobre es cosa tuya. ¿No dijiste que ibas a aprender a escribir "abuelo"?

—Y lo he aprendido.

—¡Pues entonces demuéstramelo!

Pepe se esmeró con los garabatos y los círculos.

—¡Terminado! —le enseñó, orgulloso.

Allí estaba: *Abuelo*.

—Ahora sólo falta que me pagues la carta.

—¿Pagarle?

—Claro. De la misma forma. Ve a la escuela mañana y a la salida ven a contarme lo que hayas aprendido.

Al otro día, cuando Pepe apareció, el señor Miguel ya había leído su carta al abuelo y le había escrito una respuesta, pero no podía decirle cómo era, porque el niño no iba a recibirla hasta que volviera a casa.

Pero el escribidor escuchó con atención al niño contar las nuevas letras y los números que estaba aprendiendo en el colegio. Y los dos conversaron sobre la pensión (porque la profesora le había explicado lo que era).

—Mi abuelo está muy cansado, ha trabajado toda la vida, ahora tiene derecho a una pensión —dijo el niño—. Recibir un dinero para descansar.

—No es sólo eso —respondió el señor Miguel—. Hay que saber si cotizó en su día, es decir, si tenía un empleo y si el patrón y él pagaban todos los meses algo para guardar algún dinero para cuando él llegara a viejo.

—Se lo voy a preguntar —dijo el niño, decidido.

Y cuando llegó a casa, recibió la carta que el señor José había dictado en respuesta. De inmediato reconoció su nombre: *Pepe*. De la misma forma como lo escribía la profesora.

Él todavía no conseguía hacer aquellas letras derechas, pero ya sabía que las letras del sobre formaban su nombre. Lo que había dentro no lo sabía. Iba a tener que llevárselo al día siguiente al señor Miguel para que se lo leyera.

Pero para lo de la pensión no le hacía falta ninguna carta. El señor José y él sí podían hablar de eso. Y se pusieron a hablar. Sin discutir. Los padres de Pepe estaban asombrados:

—¿Qué le pasa a este niño? Ahora va al colegio todos los días y ya no discute con el abuelo...

Al pasar por la plaza, después de clase, Pepe descubrió que la nueva carta del abuelo decía esto:

Querido nieto:

Espero que sigas bien. Yo sigo cansado y no la paso muy bien con este calor. Yo también te quiero mucho, incluso cuando estoy enfadado.

Incluso entonces. Te quiero igual. Noto la falta de tu ayuda, pero estoy muy contento porque estás yendo al colegio y escribiéndome unas cartas muy bien hechas. Estoy muy orgulloso de mi nieto. Así que dentro de algún tiempo no voy a necesitar más los servicios del señor Miguel. Tú mismo vas a poder ayudarme en unas cartas muy importantes que necesito escribir al gobierno desde hace muchos años.

Atentamente,

Tu abuelo José.

Pepe escuchó y se quedó callado. El señor Miguel preguntó:

—¿Qué vamos a responder?

—Nada.

El escribidor se extrañó:

—¿Por qué? ¿Ya no quieres ir a la escuela para pagarme?

Pepe se rió y explicó:

—No, no es nada de eso. Voy a ir a la escuela de todas maneras porque he entrado en el equipo de futbol de mi salón y mañana tengo un buen partido. Y también porque la profesora nos está leyendo un libro, un poco cada día, y quiero saber cómo sigue la historia. Sólo, tengo que pensar en lo que voy a querer que usted escriba.

Y Pepe lo pensó mucho. Habló un poco con el abuelo, hizo unas preguntas a la profesora. A la salida de la escuela fue a dictar al señor Miguel la nueva carta:

Señor Gobierno:

Mi abuelo ha trabajado toda la vida y está muy cansado. Necesita descansar y ya no puede estar sudando bajo el calor del sol. Necesita sentarse y quedarse mirando el mar, tomando agua de coco y pensando en la vida. O charlando y jugando dominó con los amigos, debajo de alguno de los árboles que ha plantado. No quiere tener que preocuparse más del trabajo.

Tiene derecho, ¿sabe? ¿Y sabe otra cosa? Es el mejor jardinero del barrio, venga sólo a ver las flores y jardineras. Pregunte a cualquiera por los jardines del señor José. Pero ahora ya no puede cuidar de las plantas todo el tiempo, hay horas en que prefiere descansar. Y si tengo que ayudarle yo, acabo no yendo a la escuela.

Quien ha dicho que tiene derecho ha sido mi profesora. Es bonita y sabe muchas cosas. Enseña a mucha gente. Puede enseñarle incluso a usted, señor Gobierno. Si usted quiere aprender con ella, le voy a explicar: la escuela queda enfrente de la iglesia y todavía quedan pupitres vacíos en mi clase. Pero en el equipo de futbol no hay sitio. Sólo en el banquillo de reserva. Salvo si juega usted muy bien.

Responda en seguida, porque mi abuelo está viejo y ya no puede esperar mucho tiempo.

Atentamente,

Pepe.

El señor Miguel escribió la carta. Aprovechó y mandó otra, suya, en el mismo sobre, explicando al personal encargado de los pensionistas algunas cosas que según él faltaban.

Al cabo de unas semanas llegó una respuesta, mandando al señor José pasarse por una oficina de atención del Gobierno. Pepe quiso ir con él, pero no quería faltar a la escuela y el abuelo acabó yendo con el señor Miguel.

Todavía hubo que reunir un montón de cartas y documentos, pero a fin de cuentas el señor José acabó consiguiendo una pensión.

Estaba muy feliz, claro. Tan feliz que contaba a todo el mundo que era su nieto quien lo había conseguido. Al poco tiempo dos amigos suyos vinieron a pedir ayuda a Pepe, quien para entonces ya había aprendido a leer y escribir.

Pepe les ayudó, por supuesto.

Después vinieron otros. Mucha gente lo necesitaba. Pepe llegó a creer que, cuando creciera, iba a ser escribidor.

Pero también fue descubriendo otras cosas y teniendo otras ideas.

Pasó el tiempo. Los días se hicieron semanas, las semanas se hicieron meses, los meses se hicieron años. El abuelo consiguió descansar hasta el final de su vida. Inviernos y veranos. Pepe fue creciendo y siguió estudiando. Muchos días, semanas, meses y años.

Pero después no se hizo escribidor. Acabó trabajando en la oficina de atención del gobierno, ayudando a las personas que necesitan pensión y cosas así.

Sólo que descubrió que le gusta mucho escribir. Por eso, de vez en cuando, escribe.

Cosas que no son cartas. Mezclando un poco de recuerdos con un toque de invención. Historias. Como esta misma.

Quien quiera que haga lo mismo.

Este libro terminó de imprimirse en abril de 2004 en
Grupo Caz, Marcos Carrillo núm. 159, Col. Asturias,
C. P. 06850, México, D. F.